阳光文库

杨河村诗记

李兴民——

著

黄河出版传媒集团

阳光出版社

图书在版编目（CIP）数据

杨河村诗记/李兴民著. -- 银川：阳光出版社，
2023.11
（阳光文库）
ISBN 978-7-5525-7162-2

Ⅰ.①杨… Ⅱ.①李… Ⅲ.①诗集－中国－当代
Ⅳ.①I227

中国国家版本馆CIP数据核字(2023)第243707号

杨河村诗记

李兴民　著

责任编辑　李媛媛　贾　莉
封面设计　晨　皓
责任印制　岳建宁

黄河出版传媒集团
阳　光　出　版　社　出版发行

出 版 人　薛文斌
地　　址　宁夏银川市北京东路139号出版大厦（750001）
网　　址　http://www.ygchbs.com
网上书店　http://shop129132959.taobao.com
电子信箱　yangguangchubanshe@163.com
邮购电话　0951-5047283
经　　销　全国新华书店
印刷装订　宁夏凤鸣彩印广告有限公司
印刷委托书号　（宁）0027827

开　　本　710 mm×1000 mm　1/16
印　　张　15.5
字　　数　160千字
版　　次　2024年1月第1版
印　　次　2024年1月第1次印刷
书　　号　ISBN 978-7-5525-7162-2
定　　价　42.00元

目 录

北里人，南里人
——兼致诗人包苞

1

如果西安兵马俑想集体返回故乡

我也准备从原州出发

选择经过宁夏西吉，隆德，泾源

任何一个县城

再经过甘肃静宁，庄浪，梁山

莲花城，秦安，天水

开上数天的车

走走停停，捡拾一些

北里人，南里人

遗落的古今

2

多年的探亲与往返

告诉我不能绕过

瓦泉——

这里史的成分更多一些

屋上一片瓦庇佑一个王朝

屋前一眼泉滋养布衣

用瓦盖住泉，盖住秘史

在陇东南，比草更低处流淌

而嬴非子的马匹

在书卷里跑出帝国气势

3

也不得不反复

渡过乡愁一般的

西汉水——

这纯粹是诗的元素

一对秦人情侣

被分隔两岸，彼此都是对方

无法抵达的远方

却教会了中国诗人

怎么写相思

才会流传千年

4

如果让简单的行程

兼具史诗之韵

那么就沿着葫芦河

往渭河与秦岭余脉方向

一路的伏羲李广

李白杜甫的传奇

还有古镇盐官那些

文治武功轶事

信息化时代的阅读者

请翻开陇上老乡们

秦源地篇章

5

必须落下笔墨

北里到南里，南里到北里

寻踪口口相传的

百年民间脚户古道

及其心灵驿站

粮食，炊烟与颂词

在陇南，坡儿上种土豆

在张家川，马家沟挖洋芋

在西海固，鸦儿湾窖马铃薯

西北风吹过

——坡，沟，湾

大地上的民谣与恩典

6

从"薄伐猃狁，至于大原"

追溯到祖先居住过的

"蒹葭苍苍，白露为霜"的地方

在礼县街头

给诗人包苞打过招呼之后

还会不会意外逢着

那个伊人

眉目传情的一次转身

一个方言的三种写法

陇南礼县写作：盐官

天水张家川写作：阎关

宁夏原州写作：闫关

甘宁图上的三个地名

貌似三个孪生兄弟

却是差着辈儿的

一线根脉

说着"盐罐罐"方言

这炒面客乡音

刮起阵阵西北风

从盐官到阎关再到闫关

用现代小轿车

一天半时间足够品尝

盐官苹果

阎关桃子

闫关马铃薯

都是中国驰名农产品牌

另一种走法
你得从清末出发
用上一百五十多年的脚步
一直到三个地方
同时脱贫了
也开始乡村振兴了

西北熬

从陇南到张家川到西海固

从辈辈先人到父亲

一个多世纪里

都喝罐罐茶

这光阴的标配

一个手提小铁炉

一个小茶罐

一个炕桌

一碗熟面

一间土房子

檐下有硬柴

杨木柳木榆木疙瘩

烟熏春秋，火燎冬夏

有多少欢欣和惆怅

泡不到罐罐里

茶酽了添上水就淡了

茶苦了加上糖就甜了

日子难了熬一罐

最酽最苦的茶

就不会再喝

西北风

静 谧

风在园中的杏树，梨树，桃树

枝条与叶子的缝隙间

唦——唦——唰——唰——

父亲用一把铁锹把土坷垃敲碎

把树荫里的土壤挖移到阳光下翻晒

父亲还给点播在园中的

一行土豆，两排葵花

三五株瓠子，黄瓜，西红柿，辣椒

还有另一些养命的菜蔬

追上了肥

在我惝懒惺忪的午睡中

在自来水软管的淙淙里

植物拔节生长的声音很吵闹

父亲的咳嗽声很静谧

老 家

每次回老家都会发现老家老了

留守的哥哥嫂子老了

小时的伙伴们老了

那些早年从老家走出

又陆陆续续返回老家的人

也都老了

亲人中还有几位九十多岁的老人

看起来倒还不老——

泉儿湾舅舅坐在木凳上

扶着拐杖晒太阳

更加慈眉善目

舅母料理自己儿子后事

不见喜悲有条不紊

如给庄家人帮忙

大滩里姨娘还能下炕

给患病卧床的儿子

熬制中草药

后山里二姑姑耳不聋眼不花

有时候也会唠叨

这一辈人啊就像黄杏挂在枝上

老家老了，唯有父亲坟头上长出的青草很新

三个姑姑半页故乡

父辈兄弟姐妹五人

在一个世纪岁月先后老去

最年长的大伯和最小的父亲

相隔十年先后离世

中间的三个姑姑，如风中油灯

在老家磨难又享福地，打发晚年时光

一个是一个的精神拐杖

三个姑姑，都出生于新中国成立前

旧社会贫农家孩子

活到新社会本就实属不易

这个年龄段的西海固农民

经见的事多了，人也就活通透了

挨过饿的人，说的总是与吃有关

大姑姑说人世上，宁吃亏不能占便宜

二姑姑说好洋芋，要掰一半给更穷的人吃

三姑姑说吃饱了，要知道放碗

三个姑姑，头上戴过或正在戴着
"建档立卡贫困户""低保户""五保户"
几顶帽子，用她们的话说
社会好了，人老了

每次回老家，我都会去看三个姑姑
我最担心的是，这几个亲人
无论谁先撕开豁口
半页故乡就会轰然倒塌

扫毛裔

草渣渣子掺上土渣渣子
构成毛裔的基本元素
如果草渣渣子比土渣渣子多一些就是洪福

深秋了，要填火炕了
柴火烧光了
头茬子毛裔扫过了
山白了，沟白了
二茬子毛裔扫过了
村庄赤白赤白的
寒冬的土炕眼门上早就没冒的
土腥气土腥气的烟了
三茬子其实已经没毛裔可扫了
爷爷奶奶的头比村庄还白

后来，我曾跟着青年时代的
父亲和母亲

扫过毛裔

再后来进城

盯着运往垃圾填埋场的

绿地枯树枯草

恍若隔世

中年的我

常常以扫毛裔

进行忆苦思甜教育

孩子们认为我在编故事

俚俗之歌

一群少年提着铲子
挖辣辣，挖红根
唱着俚俗之歌
有着乡野和二月二味道

后来一群天南海北的中年人
在微信朋友圈互聊着
诗和远方

辣辣，辣辣……
红根，红根……
这最原生态的诗
这最远的远方啊
就是回不去的
童年与故乡

去闽宁镇路上遇着喜鹊

一只喜鹊，从玉泉营的白杨树上

轻巧地跳到柏油村道边

又轻巧地上树

惊扰好几窝喜鹊

一起跟前跟后地打量

来闽宁镇探亲的人

我想，这几窝窝伙计

应该是西海固喜鹊后代吧

我们每个人都像杨河的燕子

一个杨河在杨河

乡村的杨河

谓之老家

一个杨河在银川

在兰州，西安，北上广

都市的杨河

两个杨河，千山万水

你是我的乡愁

我是你的天涯风筝

而杨河的燕子们

一生的命途，只是奔波在

一个杨河到另一个杨河的路上

洋芋是杨河心上的命蛋蛋

如果你心上有解不开的疙瘩

没什么，能有杨河村

刚挖出的那颗洋芋大吗

一颗洋芋就是你眉间的朱砂痣

就是那年的背篼里

唯一的彩礼与嫁妆

一颗洋芋就是褡裢里

唯一的盘缠，上了个口外

钱没挣哈你人回来哟

如果诉说，就让根对泥土

"花儿"对天空

洋芋对命蛋蛋，我对你

埙声起

埙声起，杨河村顿时安静下来
夏寨湿地的水波涟漪起来
蒹葭苍苍起来

哥哥你吹埙
弟弟我今天手里没篪
只当一个倾听者

谁家俩儿无赖
尿在先秦的泥上
做成个哇呜，在我童年里轻吹

张家垴

土头巴脑的庄子，就像 1978 年
土头巴脑的碎女子

让我记忆犹新的是
小时候的碎女子
冬天里还光着脚丫
厚厚的脚面手背都冻裂了口子
脖子耳根上都有垢甲

碎女子出嫁时
1990 年代手扶拖拉机送亲
羡慕坏了那些
被毛驴驮来的媳妇子

碎女子举家搬到了闽宁镇
碎女子和男人先打零工
后来种葡萄

后来开干果店，发家了

2020 年的碎女子
开着小轿车
带着小女儿回娘家

拉着外孙的手
我的妗子合不拢嘴：
看这碎娃乖吗，看这碎娃洋气吗

红糜子湾

糜子熟了。引来麻雀，鹞子

和耍鹞子的人

——这是多年前的事儿了

那个跟鹞子一起飞了的女人

从没有回来过

留守村庄的

孤寡老人马五子

还时常会念起她的好

听马志学漫"花儿"

"从固原漫到南海边

转回来再漫三年"

又从万家川漫到穆家营

漫到杨河村山梁上

都是——

从心上漫出来的

平常不敢

说给你听的话

蜂蜜是今天杨河村心情

一坡果园，一坡蜜蜂

一坡甜甜的阳光

一坡民间歌谣

蜂王，上笾，上笾

白雨来了，白雨来了

蜂儿，你们飞吧

你们飞吧，多采些蜜回来

尝尝鲜蜜吧

心里怀爱，才能品出

村庄特别的味儿

杏花盛开

爱情总在天涯
而杏花开遍杨河
沟沟屲屲

一个叫杏花的姑娘
从甘肃牛庆国的杏儿岔
跑到杨河来

问问杏花
杏儿岔一带
现在还苦不苦

牛庆国诗里说
早年的水苦得不能饮驴
再大声吼也得种地

杏花啊，你就嫁杨河村吧
好好盛开，从这里美醒
广袤的西北春天

删繁就简

一个北里人，一个南里人
在杨河村
聊天——

正写一本书
题目叫
南里人为什么北迁
计划二十万字

文化人，也可怕
两句话就说清了么
一百年前
穷得活不下去，逃荒了么

杨河史

我写的是杨河村史里的一个章节

是一户史姓人家在杨河

燃起的民间烟火

一副扁担挑着大西北崖畔上

两孔百年窑洞

一头通渭，一头西海固

那些远远近近的

沧桑的模糊的记忆

逝者如斯夫，不舍昼夜

风吹渭水呓

风吹葫芦河兮

写杨河史

只能从穴居史开篇

而老箍窑土坯屋砖瓦房

书香宅第的铺叙

都不会成为省略部分

但无论怎么百度

都找不到当年

那个下放知识分子

关于贫协主席的工作实录

每一部村庄史，都不可复制啊

杨河诗

杨河诗，是没技巧的
不修饰的，泥土的
老百姓的诗

《诗经》也是杨河诗
《楚辞》也是杨河诗
《山海情》也是杨河诗

李白，杜甫，徐志摩
历代典藏
也是杨河诗

杨河是一方乡愁
在这里守望诗
像一个人，守望另一个人

农民文苑

在杨河，乡贤史静波在自媒体上
办了一个栏目叫
农民文苑

在杨河，宁夏大学退休干部侯开川说：
把农民语言变为诗歌
把农民冷暖饥饱写进诗歌
或者农民写诗
都是很神奇的事儿

在杨河，你会为曾写过
凌空蹈虚的文字
而羞愧

老农民

你说：早些年

感觉这三个字

最普通太普通了

普通得和你的出身

和土里土气的洋芋一样

你说：后来

再后来

越来越不敢落笔

这三个积淀了几千年

浑厚博大的文字了

你又说：都不能妄言农本

中国文化

根在农耕社会

面对老农民

就是面对老祖宗

杨河的麻雀好亲热

杨河村道

杨树上栖落着

一大群麻雀

像我早年外出务工

现已返乡的兄弟姐妹

这些麻雀的先辈们

也曾爬在拉水车上抢水

也曾无处觅食

悲情地逃离西海固

扒着火车上新疆

质朴的麻雀啊

其中的一只像认出了我

叽叽喳喳好亲热

热 爱

我爱一群麻雀犹如爱着生活

爱着杨河村子里的平凡，世俗，喧嚷

以及无处不在的那些颇烦碎事儿

我爱一群麻雀犹如爱着杨树

也有高枝可依，但不是为凤凰筑巢

土里吧唧的生灵，累了都来歇脚

我爱一群麻雀犹如爱着那年场院的游戏

竹筛子灰棍子麻绳子加一把秕糜子

这简单搭伙与绝命捉弄

老 乡

"大碗炒面多少钱"

"两块五"

"大碗烩面多少钱"

"两块"

"大碗面汤多少钱"

"不要钱"

"好，上大碗面汤"

——褡裢里拿出干粮

就着面汤

我的老乡，在 1980 年代

下了一次城里的馆子

请别笑话——

人都有个跌年成

跌年成有跌年成的活法与尊严

听古今

你奶奶的三寸金莲

脚面上生了个疮烂了个洞

没药医治

我们把苦苣水灌到伤口

蛆就咕嚷嚷出来了……

我盘腿坐在炕上

听八十多岁的姑姑

讲着关于奶奶的古今

我所知道奶奶的事太少了

炕桌上摆满馓子

大盘的小炒

续上茶后姑姑继续讲

庄子里吃大锅饭的时候

又跌了年成

吃过榆树皮和洋芋蔓磨成的面

你奶奶消化不了了

我们正排着队在食堂里等着喝苦苣汤

你奶奶就无常了……

姑姑家的院落很干净

经年的风微微地吹着

阳光很好

我听姑姑讲古今

惜 水

菜地里，我们拔出萝卜带出泥
拧下叶子，擦净

杨河民谣——
"不干不净，吃上没病"

我们在陈年集雨水窖旁
边吃萝卜边谈论

老乡们的
吃水史

奔涌而出

又跌年成了

村里仅有的一眼山泉

水位一降

再降

要挑上水

必须早起

排队

排到泉跟前的人

要舀到水

必须双膝跪地

将腰身和大马勺同时探下去

每取回一勺水

就完成了对大地

对山泉最虔诚顶礼

膜拜

泉里没水了

还得老长老长时间等

取水的队还排得老长老长

也免不了为争水

吵架

打斗

手出血的时候

用黄土往伤口处一敷

把手言欢

和你一起再等水

村里通上自来水的时候

乡亲们打开水龙头

几辈辈人

久积郁心的泪

奔涌而出

走咧走咧去杨河

不等天亮就出发

田兴福的周末

从固原城到达杨河村

我是同道者，陪着

一起悦读——

绕梁梯田

山坡人家，隐者的修行

田兴福是一名摄影家

擅长转动群山，也精通

光圈与蔚蓝

田兴福也是一名警察

但他只想抓拍新乡土中国

耕读之美，书香之韵

田兴福还是一名诗人

写下的语词很耐嚼

——史静波做起了乡贤
是因为距离西吉县城不远的
一个叫杨河的村子里
更适宜做文学的梦

杨河之问

李义问——
你知道乡村的锅大碗小吗?
李义接着问——
乡村的锅早变了,变成什么样子
碗也早变了,为什么变了
你知道吗?

论坛正在进行
嘉宾发言考验我速记功夫

——读透杨河
则能基本读透乡土中国
——和父老乡亲贴心
则会知道老百姓生活的真相
——所谓的"诗歌"
迁居到现实生活边缘地带

大地上的词章
本真的书写,呼唤回归

碌碡与村庄

一滚南里的老碌碡

于 1970 年代

被父亲拉在架子车上

翻过关山

走过水洛城

跨过九条葫芦河

几天几夜，运到了北里

可把爷爷高兴坏了

那是爷爷于 1940 年代

从南里的南里

拾掇来的

唯一可称身外之物的家产

这一滚碌碡啊

碾遍了半个大西北麦场

打出的白豌豆，麻豌豆，大豌豆

还有糜子，苦荞，胡麻

养活着一个村庄

这一滚碌碡啊

在北里的鸦儿湾

先是人拉

再是牛拉，驴拉，骡马拉

后来是手扶拖拉机，三轮奔奔车拉

现实主义的粮食

与浪漫主义的吱扭，欢歌

爷爷父亲相继离开我们多年了

碌碡也是

今年回乡的时候

在老宅，崖畔窑洞前

我尊贵地遇见

恍若隔世的重量级沉静

所有轻飘的物事都不能经见碌碡

读透碌碡史，石头的心都软了

谁能够读透一部碌碡史

在漫长的农耕社会里

碾场，镇宅，辟邪

碌碡无心却有心

是石心

"手上碌碡打月亮

不知远近还知道个轻重哩"

"提的碌碡打月亮

能摸着地摸不着天"

我在木兰书院的场院里

俯下身子

细细抚摸一滚碌碡

而湾垴里

传来"花儿"

——八楞子碌碡满场滚

尕马儿拉出个汗来

——活忙的时候把活做

活闲了把尕妹看来

而那些碾场细节

以及所有被碾碎的梦

都被光阴典藏

把碌碡拽到半山上

每个人都是敲捶自己的石匠

碌碡上的花儿与少年

你给我讲——

尕豆妹扑在碌碡上

眼泪花儿把碌碡漫了

把心淹了

——黑财主把婚逼得急

你往哪搭死去了

我的心在你上

你的心咋就在碌碡上

你接着讲——

马五子哥哥一脚踢在碌碡上

脚没有觉着疼

心上疼

——拉长工从早拉到夜晚夕

碎娃娃成了小伙子

没图个饱饭图哈个你

救不哈你了我就拼命哩

你再没往后讲

只告诉我

故事的结局版本很多，一如命运

连枷，或者一首湾垴歌谣

总有这样一幅情景

在记忆底片上——

秋深了，秋风吹着

老家的湾垴

农业社夯整的场里

大人们抡着连枷

且议论着着

——穆家营市场上

数梁山马师的山货好

那是个善人

你看这些连枷

最打出粮食

而孩子们齐唱

——麦子黄，收上场，连枷打

簸箕扬，一扬扬了七八装

连枷打，打连枷

木兰书院墙上看连枷

几十年前

那些连枷落在大地上的

——啪，啪，啪

又渐次响起，若童谣

——烟筒眼烟，冒冒烟。悠悠远远

耧

我拉着牛，牛拉着耧

父亲在后面摆麦子

在春风里，三堵坡地里

推土机进山了

三堵地成梯田了

播种机派上用场了

要陪我们进城读书

父亲把耧挂起来

同时挂起的，还有昔年旧事儿

就像簸箕

1995 是个旱年份

西山梁梁上的麻豌豆儿

种了两三亩，收了一簸箕

凑不够当年的学杂费

四十子初中没读完

就辍学了

四十子上了新疆

先放了几年羊

后给人当了上门女婿

又改行贩皮子

口里口外跑

再后来不知啥原因

把家散了

箩儿簸箕混社会

前段时间

我在西市场闲逛

不曾想遇着四十子

摆了个杂货地摊

他指着待售的铁簸箕

自叹个人命途

总是敞口子

两座土堡盛满两个老联手的故事

杨河梁，鸦儿湾梁

两座梁上，两座古老土堡

就像岁月里的酒杯

盛满经年的亢奋与心伤

两座土堡，矗立，对望

十来里直线距离

中间隔着几座小小的庄子

几坨山区人家

两座土堡夯筑于清朝

还是民国时期，谁也没考究过

但可以肯定的是

在至少百年里，他们都

孤独着一样的孤独

自愈着各自暗疾

两个村庄地标

是否以风为媒，交流着

过去的战事匪事情事

以及当下鸡零狗碎

老百姓油盐酱醋茶的事儿

聊聊喜鹊

杨河村的喜鹊黑白分明

就像爱憎

不像天下乌鸦

村道边

一棵高大的杨树上

喜鹊正在搭窝

和麻雀一样

喜鹊也是久违的庄家兄弟

多年不见，还没改喳喳叫的老毛病

你再叫也叫不来舅舅

叫不来一碗葱花浆水长面

炕桌上那一碟油泼辣子

两个中年男人

在木兰书院树荫，纳凉，喝茶

谝闲传，改心慌，聊鸟事儿

阳光是最好的雕刻家

一坡雪
被阳光雕刻成
龙的模样

另一坡雪
像暖山的棉絮
被阳光翻晒

葫芦河从村头流过

从老远的月亮山而来
像我童年的外婆
从民国十八年定西
一路逃荒
流落葫芦河源头

过穆家营的时候
葫芦河啊，一尾叫乡愁的鱼
总在我诗稿上跳跃
有时也会拍打血管里
鸡鸣狗叫娃娃闹的惊涛

带来，也会带走
时光的干涸与丰盈
从村头流过的
不仅仅是葫芦河
还有背离故乡奔波的人生

荡 漾

葫芦河谷的风

吹过夏寨湿地芦苇丛

芦苇荡漾

栖鸟荡漾

水波荡漾

目光荡漾

心荡漾

那么寥远的荡漾，在水一方

周末与史静波登杨河古堡

我说：咱们步行登临
静波说：远着哩，咱把车开到半山腰

"我的所爱在山腰，想去寻她山太高"
木兰书院有人朗诵着鲁迅的句子

刚从大岔里吃过羊羔肉
两个体型微胖的中年男人需要一趟跋涉

春风吹着杨河村，吹着一坡又一坡桃林
我们吭哧吭哧爬坡，又在田埂上歇缓

聊聊王六十子家的狗，在窝里半眯着眼
享受生活的样儿还真令人羡慕

我们相互指笑着肚腹：
好男人虽然要丑哩，但也该减减肥了

登上古堡，站在村庄地标

读过一道又一道梁峁，风流云散

堡墙厚实，历经岁月风蚀雨袭

最适合与背子宽的人合张影

两个"少年"漫美了"花儿"：

　"上去个高山望平川，平川里有一对牡丹"

杨河村像一所大学

不是说宁夏大学的老校长在这里

题写"山中自有文化人"

不是说宁夏师范学院乡村振兴工作队

在这里打造青少年文化活动中心

不是说木兰书院在这里开讲

诗的新现实主义

当我们越来越变得自以为是

麻木不仁，爱憎不分

快要混淆韭菜与冰草的时候

就像那个返乡回来

指着荞麦问父亲

——喂，老头儿

那些红秆秆绿叶叶的

是什么玩意儿——

不要笑话，我们正有点无耻地

走在越来越像那个段子里的二杆子的路上

写下杨河村像一所大学

我已经做好了准备

接受笑我，骂我，批评，质疑，讥讽

就像我喜欢村里天鹅吟唱

癞瓜子呱呱

都是人间至音

当我们"悯农"的时候

母亲正和父老乡亲们在村头凝望

那个都市里快要被欲望迷失的孩子

在杨河村，养命的荞麦，冰草，韭菜

箩卜青菜，洋芋土豆马铃薯

都必须完成心灵答辩

到处烧香拜佛却不知拜父母

在诗与远方寻找天堂

却不知道天堂在谁的脚下

再好的大学，教给我们的无非是

不要数典忘祖

这样一些基本知行

杨河村的每个人

自己都是自己的大学

史静波写下"农人文苑"栏目

编后感言：

一些所谓的城市文学里

充满着纤细孱弱，期期艾艾，虚饰造作

哼哼唧唧，注重技巧而实质贫困

他又在"文学杨河"章节

如此备注：

诗，不是写出来的

是活出来的

苹果有着金子般光泽

一盘苹果
几个大
几个小

一群热爱诗歌的人
几个这样写
几个又是另外的笔法

在木兰书院，次仁罗布阁
摆放的苹果
都有金子般光泽

艾

清晨，带着露水
与阳光相吸引，互润泽
收割艾的人必怀悲悯

村庄里，一坨一坨的
草木，遇火去病
让心弃疾，唯有艾

光顾不到的部分

阳光在阳

树影在阴

光顾不到的正是

树与影重叠的部分

让人肃然起敬的：光阴

8 月 22 日偶记

夜之黑，有灯光
人之远，有念想

天之旱，有杨河
却无水，有玉米的焦灼

手机上不断跳出
车祸，洪涝，鼠疫

德尔塔，喀布儿机场
还有入学，入学……

漏洞百出的项口
N 多的 App：支付，支付，支付

故 土

七十年糜子八十年的谷

喜老汉一肚子难怅

在土窑洞前，翻晒心事儿

早年的大儿子贫病不治，儿媳改嫁

小儿子智障，走失于大山沟岔

这些都已不需操心了

孙女子终于嫁到了川里

光阴怕是好过了

孙子还没娶上媳妇

大山里偏远闭塞

彩礼怕是还得十来万吧

喜老汉回忆

1962年的一背篼洋芋

换来现在的老伴

和近六十年

和老伴一起在大山里

土里刨食，生儿育女，打捶骂仗

这大山，一道又一道塌山

本是 1920 年海原大地震遗存

时至今日，农人们依旧种下洋芋

移民了，把户口迁到黄河岸边了

八十多岁的喜老汉心事重重

黄土都壅到脖子上了

以后，是在大山里睡土

还是埋到塞北的砂砾中呢

喜老汉故土难离

一个人在山里唠唠叨叨

我们都是一群马银俊

我在村里喝早茶，有感而发

发了一条配有罐罐茶图文的朋友圈

马银俊点了个赞，并且评论：

拉线的茶汁

焦黄的烤馍

浓浓的烟火气息

你的清晨牛皮可拉斯

李忠林回复马银俊：前三句像诗

后一句就是网红语，可惜前三句了

我非常赞同李忠林观点

对马银俊就很无语

记得早前，我和马银俊来到黄河边上

他一激动发了条朋友圈

写了一句：黄河真黄啊！写就写了

偏又补一句：这算诗吗

评论区异常活跃：

——这算诗，你脸皮够厚啊

——中国最精短抒情诗，呵呵

持续热评

点赞越多，越把我羞死咧

丢人啊

咋有这样的队友嘛

所谓的远近其实是心与心的距离

从六盘山到杨河村有多远
刘向忠开车一个多小时
在木兰书院
谈谈好水川之战，王洛宾与五朵梅
也读读散文《西海固的脚步》

从南华山到杨河村有多远
冯兴桂开车一个多小时
在木兰书院
谈谈民国海原大地震，大移民
也品品石舒清题写的
关于书院毛笔字

从贺兰山到杨河村有多远
邹慧萍王晓静喜清娉一行开车五小时
在木兰书院
谈谈大漠孤烟直，黄河落日圆

也和马正虎史静波李耀斌李义等
叙叙春花文学社的旧事儿

从青藏高原到杨河村有多远
次仁罗布取道祁连山
河西走廊，再到黄土高原
走了多少天，我没好意思问
在木兰书院
谈谈格萨尔王传，仓央嘉措
单永珍诗歌里的藏地文化
也看看西吉粮仓与庄稼
洋芋开花结蛋蛋
白豌豆扯的是蔓蔓——

草之歌

杨河春早

村头，路边，山梁

青草出于枯

不断冒尖向上

而枯草向着泥土萎缩

荣也荣过了

阳光下的眼欢喜已经见了

就成为青草的养分

或者根本部分吧

村名手记

杨河村无河
无河的地方叫杨河

老家的地名
就像早年穷苦人家
给碎娃娃起个美名叫富裕

牧羊曲

放羊，下羊羔，挖光阴
娶媳妇，生娃娃
娃娃长大，继续放羊

读杨河村放羊简史
你就会知道
为什么穷人的孩子早放羊

几代人夹着放羊铲
生活实在闷了
对着山沟吼一句

你对我那个好来我知道
就像那个老羊疼羊羔

多年后，史静波也赶着一群羊
而杨河村正在封山禁牧

他在书案上，以文字为羊

让我陪你一起去放羊
就到村头的圪塔梁

大瓷碗

大瓷碗高高端起，敬你
饮干陈酝的老酒

打开话匣子，都是读书人
谈谈手中饭碗，谈谈杨显惠

也谈谈夹边沟，甘南
定西孤儿院纪事

盛满萝卜羊羔馅儿饺子
取材杨河村土特产

养生的荞面搅团
早年不待见的杂粮华丽转身

学着爷爷舔碗的样子
逗得一屋人大笑

那个没喝酒的人
姿势虔诚优雅

他把大瓷碗倒扣在餐桌上
能不能扣住，村庄百年饥饿史

两碗面里都是西海固本真味儿

吸溜——吸溜——
咕噜——咕噜——
不要在乎吃相
才是对故乡最基本的尊重
对细粮最大礼赞

一碗洋芋面
洋芋是洋芋，面是面
本不相干，但你们前世相欠
在今生，一起上刀案
一起下油锅，被生蒸，熟煮
同煎熬，同凉热
同一勺搅和
你中有我，我中有你

一碗浆水面
清爽，劲道，耐咥

那些胡萝卜苜蓿红根辣辣什么的

同在一缸

窝成一个味

窝成生活惯常的酸

飞刀走线，烟熏火燎

汤汤水水，端上一大盆吧

紫苜蓿开花

紫苜蓿开花
开着淡淡忧伤

割苜蓿，已不像小时候
背背苋，提铲子，捉蝴蝶

现代化农机
收割着紫色副歌

而苜蓿地里曾经发生的故事
有着古原小说《掐苜蓿》一样的细节

编一册故乡

史静波编辑"文学杨河"
也编"农人文苑"

樊文举编辑"葫芦河"
也编"六盘山诗文"

一个在野
一个在朝

不论是处江湖，还是居庙堂
都经常登上高山望平川

谈乡土，论民俗
以诗心，雕龙，织梦

花儿唱了半辈子
没有遇上个好妹子

词语写了一筐子
啥时候遇上好编辑

两个编辑有时像学者
有时像两个洋芋

有时也像铁凝说的
庄稼地里，壅洋芋的人

草野词

随口吟哦"小溪庄上掩柴扉"

随手拍下方寸净土

正如你所见

高同岔十里大坝

就像沧海遗珠

镶嵌在西海固大山里

一颗蓝宝石

我在鸦儿湾源头

阅读一个人的

光阴简史：创伤与修复

一幅草野山水

大巧，无巧

粗砺之美，暗含命运斧工

光阴词

大砖瓦房里

两个炭火炉子都没有闲着

煮羊肉，烩萝卜菜

熬罐罐茶

西山山上春风吹

舅舅以冬天的方式

心怀祈祷

给远去的冬天最后致敬

细雨来了

先不要熄炉

要干些新春的事了

比如准备种田

比如卖出几只羊给孙子凑学费

比如接回在银川住了一年医院的表哥

到家里与瘫痪对决，或者顺命

泉儿湾民谣

只有人抬得起人
只有土压得住土

秋天深不过埋葬
薄雪白不过空茫

让草木知感光阴
让方言遗传历史

花花世界眼不花
悲悯者能进天堂

你给我一掬清水
我给你一册颂辞

这大地上的物事
本就是根连着根

疼 顾

葫芦河沉默

滨河路绿化带上

那名环卫大姐

正一扫帚，又一扫帚

把落叶扫在树跟前

一簇，又一簇

多么有心的环卫大姐啊

疼顾了落叶

让它归根

不要离散飘零

不论枯荣

都在葫芦河根部

喊 醒

在穆桂英山顶上，吸足最新鲜的氧气
大声，再大声些

喊葫芦河：
葫——芦——河——

清晨不会叫不醒沉睡的山兔
宁静敲打呱啦鸡眼皮上的惺忪

东方动了，川道上渐次
铺上细碎的金子，和旭日的光芒

泥土在歌唱

"宁叫那玉皇大帝江山乱
万不能叫咱们两个关系断"
王二妮唱的《一对对鸳鸯水上漂》
杨河村也传唱

"杨树上的麻雀一对对
到死都不分开"
马希尔唱的《阿哥的眼泪》
杨河村也传唱

"燕子归来忙筑巢
喜雨丝丝润禾苗"
史静波唱的《木兰之春》
杨河村也传唱

我真的不敢把
杨河诗,读给乡亲们
因为他们是真正的原创者
我怕自己的笔录跑了调,误传泥土心音

栓月亮

月亮月亮光光，把牛吆到梁上
梁上没草，吆到沟垴

沟垴水塘清亮，如杨河村
说给张若虚的夜话

夜里两个月亮
一个在天空，一个在水塘

两个观音玉盘
比外国的月亮还要圆

月亮月亮光光，把牛栓到槽上
把月亮栓到心上

心上的月亮，清亮着
一个人的世界，和亲人们的村庄

高同小学

我所念过书的

城里小学，中学，师范

每一座校园都是一曲时光歌

有着墨水蓝的格调

二十年间城里变化大

先是师范被撤销，合并

后来小学被拆迁，修了广场

再后来中学被改名，摘下老校牌

填学历的时候

当写上几个

已不复存在的学校

谁还会相信，我真的念过书

捏着一张表

就像曾经历过一次

证明我妈是我妈的闹心事儿

不如回老家吧

现在唯有村小

能证明我还念过一年级的 aoe

记载着父亲的一段

民办教师史

村里土话

山前岭后，父老乡亲们

一张口都把"说"念成"xue"

把"你""我"以"熬""牛"相称

还有一些更土的方言

我试着用现代汉语拼音也没拼读得出来

简直土得掉渣了

这些都让我小时候很嫌弹

我用改变命运般的努力改着口音

后来我在外面世界，学了说了很多洋气话

也写了很多洋气的句子

父亲最初说土是最干净的我没相信

当父亲长眠在土里很久之后

我越来越清醒地意识到

一部土言土语的字典

再也找不回来了

我试着把父亲说过的土话记下来

却打开了一部《诗经》

一部《心灵史》

叫作盐罐罐儿

村里土名

在村里，一些男人的名字
喊起来很顺溜
譬如：单三十，苏四十三，李五八
还有六十子，七十子……

八十岁的马八十
还能吃一老碗饭着哩
说话高喉咙大嗓子：
养下我时爷爷刚好八十岁
——孩子小名都由老人起
是村里老习俗

也有奶奶给孙女起名的
譬如：招弟子，引儿子，改花子
大概是那些奶奶们
感觉做个女人很辛苦吧

但不论爷爷还是奶奶

给孩子起官名都非常慎重

正如你经常叫的

——王耀祖，刘福强，田晋升……

有时候也很有仪式感

几辈人没念过书的武老汉

咬着牙花了个把

摆酒宴请秀才

大孙子起名叫尚书，小孙子叫尚文

村里土树

村子里的树木，也都是些乡土树
乡土树中，当然数杨树多了
这些杨树啊，也是命牢
就像村里年长的马五子，害了几场病
都是给挺过来了

上世纪 80 年代
联合国粮食计划署在村里
种下大片杨树的时候，父老乡亲们
一边品尝援助的牛肉罐头和椰枣
一边以为国争光的精气神
育林护树

杨树也遭孽啊，那些黄斑星天牛
一些像黄斑星天牛一样的人
让杨树经历一次灭顶之灾
活过一茬，死过几回
而又生生不息

多么像村民生存史

村里土树，还有乡亲们在房前屋后

栽植的榆树啊柳树啊

杨河村头，我正抓着一把

榆钱往嘴里送，不想碰着史静波

正在吟诵——

五柳先生传

树木也会老啊

过老了就要为后代腾出

吸收营养与阳光的地儿

史静波正在招聘

砍砍伐檀的人

但没有考虑明朝那个

心怀天地万物的

王阳明

因为他心太善了

"徘徊不忍挥"，落不下斧的人

就把他写下的文章

存在木兰书院，大家一起研读吧

把他的心学，装在心里

故乡每株老树都像洪洞大槐树

头一拨打发到河北
第二拨分到山东
第三拨以及后来此集中的迁民
先给指认指认大槐树
后代们能不能记住，就由他们吧

我们以户部口吻
聊完了明朝洪武，永乐
再接着聊聊鸦儿湾
留居者，以及迁居到闽宁镇，红寺堡
南梁，米泉，沙湾等地的骨亲们

故乡每株老树都像洪洞大槐树
每户庭院都像一个驿站
周末回乡，老树下
听一听"哥哥你走西口
妹妹我实难留"的故事吧
行行重行行，再回首
村庄处处是风景

都高兴

一间大砖瓦房

排场，干净，通亮

熬罐罐，用的电炉子

喝着茶，马五子给我们讲故事

那时，杨河村的耕地都是陡坡地

农业社时期

马五子就跟着父母

跟着社员们在陡坡地上挣工分

社里的毛驴儿经常拉着架子车

把日头从东山搬到西山

也会运送种子，土粪

也会拉着犁，播种洋芋

包产到户后，单干了多少年

耕地依然是陡坡地

终于苦坏了，累坏了
社里分给马五子家的那头毛驴

马五子又牵来一头毛驴
每年收洋芋时
都要把陡坡地里的洋芋一架子车
又一架子车往回来拉

近亲繁殖的品种
好不到哪儿去
总有那么几窝窝子洋芋
人吃上人麻，驴吃上驴麻

机修农田后，劳作方式终于变了
拖拉机犁地速度快
奔奔车拉运的粮食多
洋芋研究所免费送来种籽好得没得说

县里记者采访的时候
马五子说：现在耕地宽大平
又开始新农村建设了，我很高兴
我家的驴都高兴

大砖瓦房里

听故事的人，又开始担心起

马五子家的毛驴来

听说有人正在投资，建设阿胶厂

起了个名字，叫脱贫车间

添牛犊了

下雪了

像下银子

赶紧把头伸出去

圈里添牛犊了

像添了一疙瘩

黄金

脱贫户马老三高兴地

唱起来：

碎牛娃多了家里富

明年咱开它个山花儿铺

窑洞记

昔年的时光和秘密已经尘封

我却记住了诗人袁治中

那一句"没人住的窑洞塌得快

没人爱的女人老得快"

苍苍凉凉的表达

坡坡梁梁，沟沟畔畔

几处老窑洞

废就废了，弃就弃了

也是没办法的事儿

不要老纠缠于

光阴的挽歌

虽然住在大砖瓦房子

但马五子老人常常拄着拐杖

瞅着窑洞自言自语：

几辈辈又受孽障又受苦

这里有我的扯心哩

别处有我的啥哩

老窑洞前

还有一处废弃的场院

场院里的蒿子，比人还高

适合于你在此地

沉默，或者

更加沉默

村庄与少年

女知青一甩辫子
于是有了一条
悠长悠长的羊肠小道

知青返城，你也出走半生
却始终没有走出
那条山路长长

土锅土灶，就像简单的生活

今天我不关心人类，我只想到杨河村

垒起土灶

穆家营二毛羊羔子好啊

做个好吃之人，大块吃肉

大碗饮尽木兰土酿

听听雷兴明排箫曲《萧关雪月》

史静波喝上酒，秦腔吼一吼

美得神仙也要抖一抖

还可以咸吃萝卜，东拉西扯

叶子的离去，到底是风的追求

还是树的不挽留

马正虎老师和他的学生朱宝才

成了乡村最好的锅锅灶手

他们说：这地方好啊

春种土豆籽

夏里洋芋花儿开

秋后收成马铃薯

大约在冬季，你只需过好简单自在的生活

走出杨河村，到黄羊滩

1995 年黄羊滩

我们三个杨河村人

连续几个夜晚露天睡在戈壁滩上

听从贺兰山吹来的风声

避过蚊咬

1995 年的黄羊滩

还是干沙滩

却有了我们的一亩三分地

1995 年的杨河村还穷着哩

父老乡亲们都想走出杨河村

回到老家数老人

冬日返乡，葫芦河畔的冰草

经见过了眼欢喜

庄典的葬礼正在举行

姑婆的入土

亲人中三辈以上老人

越来越少了

每回一次老家

数一回老人，像合上

一本故乡风俗辞典

也像在大地上种下

一岁一枯荣的

亘古民谣

饥饱史

清炒洋芋丝，西芹炒牛肉，酸菜炒粉条
还有油饼蘸蜂蜜
都是杨河村特产

马五子说：
我爷爷经历过民国十八年
父亲经历过 1958 年
唉呀妈呀，那时候没粮食
把好多人都饿死了

马五子又说：
我听爷爷给父亲讲过
古代皇上顿顿都吃的小炒啊
你看你看，咱现在饭碗
也是侯爷王爷的

杨河村不种米

炕桌上却盛满大盆

宁夏贡米

孙子把没吃完的饭倒掉了

马五子气得直跺脚

狠狠教训：

你个碎尿

浪费的粮食

后世里会变成蛆让你吃

后院争食

这盘向日葵头
让熟得再饱满一些
咱们掰开
各一半

不久后发现
葵花籽
被雀吃了
雀早飞得没影了

带着母亲浪娘家

老母亲很老了

走不动路了

后座上也座不稳了

袁廷成背老母亲骑上车

用一根老麻绳子

把自己和母亲

紧紧地捆在一起

摩托突突突

从夏大路到燕麦沟

都是袁廷成的

花儿声声："浪舅舅走哎……"

一个村，一家人

隔着一条沟，单三十家在西岸

王六十家在东岸

他们两家的耕地都在南山梁上

地畔连着地畔

麦子豌豆糜谷都收了

犁地的时候，单三十先把王六十家的地

多占一杠，王六十后把单三十家的地

也给多占一杠

这个官司，谁都没断清过

王六十家养了个娃娃

起名叫富贵子，富贵子还是

单三十他爹名字

后来单三十家养下的娃娃

起名叫来银子，来银子还是

王六十他爷爷名字

村里的炊烟升起

两家的媳妇子，你在那沟西我在东

喊孩子回家吃饭

"富贵子哎——""来银子哎——"

沟里的崖娃娃回声：

"富贵子哎——""来银子哎——"

两家的老人们

都气得在自家院子里跺脚

自言自语：

"哎，把人羞死咧！"

"哎，亏咧先人咧，亏咧先人咧，

都亏咧几辈子先人咧！"

不论是富贵子，还是来银子

不论是单三十，还是王六十

都没有想到三十年沟东，三十年沟西

他们都老了

几个人都埋到土里了

沟东沟西连上桥了

南山梁上的地

统一推成梯田了

在外地城市上班的
王小强和单巧妹两口子
假期回村里探亲，王家和单家的
一大帮子姑舅们
可开心了

那些碎娃娃们，要是不高兴了
会脱口而出：
　"别惹我，惹了我要喊你大你妈
你爷你奶的官名哩"

荞花儿谣

"一片荞麦在半坡
万朵荞花盛开"

"咋还不放蜂
不来唱山歌"

"撂个石头探深浅
唱个山歌试试心"

"镰刀割了荞草了
相思把人想倒了"

"想哩想哩实想哩
想的眼泪常淌哩"

"风不吹花花不摆
你不绕手我咋来"

"我给你做上荞面片

给你打搅团"

"你我搅团馓饭都可以胡吃

一句话都不敢胡说"

"把花儿常唱着

一个给一个把精神长着"

寻找哲布

从《孤独树》里走了出来
哲布终于成了网红

这个叫作留守儿童的哲布
后来又出走
走到传说中的
春花文学社

有爷爷奶奶又失去爷爷奶奶
有爹有娘又没爹没娘的
有自己却又把自己交给命运
把孤独树栽到窝窝梁的哲布啊

苦子蔓上，结着个苦瓜
摘下个苦瓜煮了吃
祛个心上的火

哲布在哪里

我辗转到扇子湾，杨河村

都没找到，在小说里

只找到自己

必须躬身

面向农耕文化墙

我用目光阅读，那些高高挂起的

犁耙，梿枷，簸箕

牛笼头，马衩子，驴攮脖……

还没读完就脸红了起来

羞愧的是，一些早年农具

竟然忘了名字

另一些能叫上名字的

想写下来，却不知道究竟

该使用什么汉字

那些物件有着古老与方言称谓

也有着我在乡村

多年的生存成长史

多么不应该，都是些早年

跟着父亲学做农民

在田间，在泥土课堂上

必修课程，就像爷爷把一组字母

用竹签子蘸墨，写在牛羊肩胛骨上

让我念会，再用舌头舔掉

咽到肚子里

怎么就记不下呢

少小的胎里会

离家老大回，站在木兰书院

一道农耕文化墙前

我一再躬身

总感觉那件涌到嘴边

却一时叫不出名字的老农具

正轻蔑讥笑

一个人快要忘本的尻样

124

人到中年

每个中年男人身上
都必须披上，一件皇帝的新装

走在人群，也必须躲开
那个说实话的小孩

揭开遮掩，你就没办法
再迈开脚步

不知道什么虚无
催你前行，顾不上体面

以山为名

老叔李金山
老哥李西山
老侄李成山

三个资深羊把式
三个漫"花儿"的"少年"
三个好哥们

掐指一算
原来在我们村
很多男人都以山为名

比如官名：如山，守山，玉山
比如小名：山娃子，山蛋子，山鹰子
还有干脆官名小名叫成一样子：山山

山里人本就是大山一部分
那些寻找山脉的人
则是高出部分

崖背上的一座坟埋藏着秘密

崖背上的一座坟

都说是无主坟

没人上过

而坟主的后代们

在村里常住

远方寻根

这人间事啊

有些忙

守秘者绝不能去帮

杨河古堡一瞥

下了高速，放慢车速

放慢，再放慢，在迎宾大道慢行

摒弃没有意义的快节奏

才会有时间与心境

仰望，而我的仰望与众不同

以城市视角探寻

穆家营郊外

除杨河山梁上

还会有第二座百年古堡吗

那么纯朴敦厚地迎着你

再把目光折回来

县城入口处

石刻"西部福地，吉祥如意"

大型户外广告"中国首个文学之乡"

两条地标语竟令人走心

干脆停车，在 1972 年修筑的

夏寨大坝驻足，读读古堡

读出某种意味了

就可以哼一曲"越走呀越远咧"

脚踩油门，快慢由你

杨河古堡，或者故乡标记

都说西吉古堡多，洋芋多，诗人多
在杨河村，这些一样也不缺

三个土匪棒客
三个憨蛋蛋
三个家园守望者

我多次登上，并且写下
杨河古堡，盛满着花儿与古今
百年草木，一秋，复一秋

与其他地方不一样的是
这里的洋芋，诗歌
保持着纯粹的
男人心，女儿情

就像你看到史静波

常常把诗歌种在大地上

而把洋芋种在诗行里

归去来兮

脚踏泥土，仰望

北国云天寥廓，吼嗓子正好

风 匣

1

让我感到神奇的是

这个世界上除过

自然界的风

还有

人造风

能够储存风的木箱子

一部与农耕文明

并存的风匣史

扇扇风，拉拉火

记记燧人氏

而制木生风的那名老先人

叫什么名字呢

2

再一次写下：风匣

已经是多年以后的事儿了

我愿意复述上篇的细节

十多年前在姑姑家

我说姑姑你把丢弃在后院

杂物房里的那个风匣拾掇好

值钱着哩

姑姑说你这娃娃

怕是让书给念超了

我拉了五六十年风匣

拉得够够的

现在鼓风机用起来真好

今天在姑姑家砖瓦房里

我一边在电磁炉上烧着茶

一边央姑姑讲讲风匣

以及与风匣有关的

快要失传的古今

而姑姑老了

记不起

也讲不动了

让我颇费脑筋的一个问题是

土房土窑土院土巷道都拆了后

姑姑家的风匣

埋到了土里

还是

当作柴烧了

被博物馆收藏了？

3

多么有必要记录

杨河村，以及村里一场

盛大叙事与抒情

让乡土中国

从《诗经》里出来的

连枷高蹈，碌碡压轴

风匣在歌唱

多少粮收不到仓里

有多少张口

还给

养活不到世上

就像从风匣里吹出来的老歌

一声咣当

一窝劲风

一膛旺火

一筒眼炊烟

一锅洋芋煮熟了

被村庄喂大的孩子

人到中年

用拉过风匣的手

把一首写在城市的诗

在键盘上反复修改

无法删除的那个词叫：乡愁

辘轳，或者光阴颂词

每转上一圈

奶奶都要

念叨——

辘轳辘轳转转

辘轳辘轳转转

穷人变成个富汉

倒转，空桶一尺一丈地

伸到井底

咚——回音幽深

再顺转

粗麻绳子咯嘣咯嘣

捞上水了

辘轳辘轳转转

终于转过了
半个世纪的苦焦与惆怅

大缸填满了恩典
一舀子，又一舀子
光阴里的成色，多么清洁

杨河民谣

在我们杨河村

盛产洋芋，土豆，马铃薯

还有蓄麦，莜麦，燕麦

阿哥的肉吮，面片子

酒仙与诗人

在我们杨河村

珍藏山货：箩儿簸箕筛子

还有耧和连枷

转动的碌碡与辘轳

乡愁与方志

在我们杨河村

生长杨树柳树榆树

还有油松云杉丝绵木

人里面拔梢子的

花儿与少年

在我们杨河村

流传民谣：

天下文章在史家

史家文章在书院

书院文章在静波

晓庆给静波改文章

在我们杨河村

不知谁又写了一首

微史诗：岁月风匣

很拉风

火起来了

铁锨

双手捉紧锨把，元气浑厚
左脚着地，右脚一点
锨头锋芒锐利

大哥是“路不平
旁人铲修”的一把好手
把村道整平
大哥没忘给我
传授“铁在土里松
人在世上闯”的十字诀

大哥长年土里刨食
把一把铁锨用成
半搭子老汉，锨头锈了
锨把被尘世的猛力弄折了
而手把手教给我
关于铁锨的十八般武艺

被多年城市生活

给基本废了

大哥离开我们多年了

当我写下

有关大哥的文字

像一把铁锨

挖到泥土痛处

镢 头

镢头是一个硬物

碰硬的物件

不知多大力搏

才卷刃

拿镢头来！

只要喊出这句

必是山里男人逢山开路

最好的架势与气概

你通过微信转来

一首镢头诗稿

点睛之笔

金属锋芒嵌入土地的酣畅

磨 言

1

马鹰问：你们家那副石磨到哪去了
答：在乡愁里，随着毛驴转圈圈
正磨着一首老歌

我们在微信上
聊天，逗趣

2

真实情况是
从我记事起已经包产到户
爷爷把父亲和老大
（在我们老家，把大伯叫做老大）
另家了。生产队分来的石磨
另给老大

事实上我对石磨磨面

有记忆但比较模糊

印象最为深刻的

是我家断顿了

老大送来一袋荞麦面

对父亲说

这是刚从磨子上推下来的

3

村庄里有人得了病

看不好

几位老人聚在一起研究

为什么早年石磨磨出的面

吃不出癌

——人心眼实啊

灌到磨眼里都是纯粮

4

一座磨坊，一盘石磨

村庄的标配

杨河诗会

春花文学社作家们

撒泼写石磨

灵感剔透

5

马金莲有句：

人到中年

就是磨道里被捂住眼睛的驴

每天都在昏昏沉沉

糊里糊涂按惯性往前傻走

不到卸磨闲不下来

很耐读

正想再读一遍

骨科医院又打来电话

6

五谷磨成细面就能吃了
石棱磨成光面就好混了

我磨成你
你磨成我
光阴就老了

一把力气一把镰

麦子黄，赶麦场

麦场里不能缺麦客子

麦客子不能缺

一把力气一把镰

下苦必须扎个泼势

吃饭扎个饿势

你看，你看——

头等麦客子只吃不喝

二等连吃带喝

三等不吃光喝

四等不吃不喝

我算几等

哎呀，妈呀

这一拨麦客子

饭量也大出活也快

一镰，一镰

又一镰

当最后一镰完美收起

最后的麦客子马七十子

终于弯成了一把镰

时时锄锄

农人无锄

正如文人无笔

有一把好锄

必有一料子好庄稼

壅洋芋锄最好

正如吃饭盐最好

出门钱最好

对我你最好

园子里杂草抬头

诗里有些板结

那一把用顺手的锄

丢到了哪儿呢

扁　担

有人想担起

有人想放下

担起了就负重前行

放下了就躺平

比如在老兰州

担一担牛肉面走街转巷

西北人吃了一百年

比如在老秦安

谁还没货郎子的一副铁肩膀

走遍天下都有吃的饭

比如在杨河村

我种洋芋你写字

梁上还有几个羊把式

常把日头从东山担到西山

还担过风担过雨

担过苦担过难

担过星星和月亮

史老爷说

这担扁担啊

还真不是尿人能干的活

架子车

有时候想想你并非一无所长
埋头拉车真是一把好手
你喜欢听周建军唱
挣死牛不翻车的民谣
写过想替闷声拉车的毛驴
吼一声的长短句

你还读过一则野骡子定律
经见过一些拉车翻车
尻子厥胆子小
耍奸溜滑的人和事

你看到了马鹰发的照片
都是架子车
与架子车有关的劳作场景
套在辕里必须使出
碌碡曳到半山上的楞劲
贴在活上撒泼干
你看那个儿子娃娃
多么有力量

吃平伙记

马正虎老师说
假期天气好
吃平伙走
憋在城里久矣
马雪梅说
杨河村羊肉品质好
就地选一只吧

山大有草哩
头大有宝哩
心大能容哩
背斗大能装哩
烧烤窑大了费柴火
胃口大了费羊羔子肉

搭伙吃平伙
改个馋
给家人带回一份子

这种吃法

越吃味越正

日子越红火

据研究生马绘素考证

吃了几代人

至少超过一百年

大西北原生态

能写几本书

一起吃平伙

聊聊天

师母聊美食秘方

史静波聊村庄风物

"木兰闲话"

聊着聊着

最后还聊到

诗歌的第四个读者问题

背斗里装着岁月

羊倌王老汉赶着羊群

背着背斗

提着长铲

一边吆喝着丢三落四的羊

一边弯腰，直腰，仰身

铲上羊粪蛋儿

弧度感浑然天成

羊粪蛋儿就到背斗里了

王老汉家口大

缺衣少食的年月里

他有一句口头禅：

光阴不行

头比背斗大

封山禁牧了

不愁吃不愁穿了

王老汉不当羊倌了

他的背斗老旧了

却装着把日子放成羊的

半生故事

杨河村罐罐茶大赛记

罐罐茶到处基本一样

以陇原与西海固的

喝法土老冒一些

地方不同喝的人群不同

喝茶心境不同，把罐罐茶

喝成了不同的流派

杨河村父老乡亲

喝罐罐茶史

也短，大约一百年吧

爷爷用过的手提小泥炉

那间土高房子

熏黑的白杨木椽

吊过糜面馍馍的碎笼筐

土炕上打着呼噜的小狸猫

都不见了，而乡愁广袤

这西北大地第一熬

熬过光阴之苦

喊一声"盐罐罐"也沉重

一只麻雀记下 2022 年

首次罐罐茶大赛

全过程细节

村子很小

而赛事盛大

出世亦入世者即为优胜

捣着老罐罐

谈油盐酱醋茶

读媒体资讯

"宁夏一农民

写完 108 句长诗塞上行

再作罐罐茶赋"

"穆家营两条河

一条葫芦河

一条文学杨河"

"木兰书院

一个人的史记

一群追梦者的传奇"

杨河之年

我在山的这一边
你在哪里
跨过九百九十九条杨河
走过一千个村庄
只为相逢那一个：年

"一曲木兰笛
百年红楼梦"
"醉听枉凝眉
空劳也牵挂"

沿着大农业古道
溯源传统文化根脉
寻找乡愁

那个乡村灵魂鼓手
一槌下去
又一槌
震响"我爱你，中国"的心音

除夕词

今天，该把牛吆到圈里了

希望往后的每个日子

都有些牛气

突然间记起户口本

我的第一个学名叫李小牛

小时候嫌土气

九牛二虎地改过来了

大学校长说山里自有文化人

还卧着虎

那就以后写写老虎吧

为诗歌与生活增添必要的

雄风，丁劲，精神

又记起我的老师马正虎

浓眉大眼的男人味

相传：杨河里有一条龙

古老的中国龙

也常常在这里隐身

低调地浪漫主义

现实情况是

杨河里修就的鱼

在村里每户人家餐桌上

且年年都有

过木兰书院偶书

从西吉县到西吉滩

从西吉滩到西吉县

乡间道上。蓝天，白云，绿树

还有一线文脉

木兰书院正在黄金分割点

在这里，我想写一写

有关稼穑，乡贤，新儒

却不敢落笔

穆家营之郊，静净且神性

那是清风吹书案的地方

那是史静波写过的杨家庄

烧锅锅炉

马正虎老师在木兰书院

给都市来的孩子们

开设了一门课程

叫烧锅锅炉

挖土灶，垒土圿垃

绝对是有道有术的绝活儿

一位教育家

让师范生到家乡

端起孔夫子端过的饭碗

让"宏志班"高中生考入顶尖大学

学成不一定归来

让春花文学社历届社员

读书，写作，守心

在西海固天空下

柴火点燃

乡愁绵长

老师说——

让我们回到远古

分享每颗粮食的故事

呼吸泥土的气息

咀嚼生活的酸甜苦辣

品咂烟火的味道

杨河古堡

下了高速，放慢车速

放慢，再放慢，在迎宾大道慢行

摒弃没有意义的快节奏

才会有时间与心境

仰望，而我的仰望与众不同

以城市视角探寻

穆家营郊外

除杨河山梁上

还会有第二座百年古堡吗

那么纯朴敦厚地迎着你

再把目光折回来

县城入口处

石刻"西部福地，吉祥如意"

大型户外广告"中国首个文学之乡"

两条地标语竟让人走心

干脆停车，在 1972 年修筑的

夏寨大坝驻足，读读古堡

读出某种意味了

就可以哼一曲"越走呀越远咧"

脚踩油门，快慢由你

杨河谣，或者木兰副歌
——大雪天听静波远村吹笛

雪花花绕在笛声上
风丝丝缠在树梢上

书院院矗在村庄上
灯笼笼挂在大门上

酸曲曲挠在指尖上
憨墩墩火烧在唇上

相思病害在腔腔子上
尕妹妹藏在心窝窝上

正月初六微记，或者山庄人家

韩晓庆拍了一组
木兰书院雪景

史静波题照：
一座宁静村庄
一方田园书院
一幅书墨丹青
一缕悠远乡愁

庭堂之上
大儿彭阳沉吟挥笔勤
小女浩月呕哑弄琴闲

赵玲叹曰：
没有比杨河更文化的山庄
没有比山庄更诗情的人家

梯　子

躬身，攀爬，向上
一手扶稳梯子
一手触摸
天空
和寥廓的蔚蓝

在高处
给爱的搭建者致敬

秤

半斤还是八两
骗不过秤

真情还是假意
心知道

光阴之秤上
唯人心以克论净

耰

耰与诗人是一对孪生兄弟

都紧贴着泥土

常常是诗人背着耰

而耰又驮着诗人的灵感

他们一起在

生活低处

乡愁高地

劳作，歌唱，飞翔

在杨河村

诗人们写耰

像在说：哥俩儿好啊

从震湖到杨河

杨河在前山里
震湖在后山里
那时候，前山里的女子
从来不往后山里嫁

翠花子回娘家
从震湖到杨河
想起了奶奶讲过的
乞讨女古今

寄塞北，或者写给静波与晓庆

从西吉到银川

一路口述与笔录

你的方向盘

就是我脚下的旅程

微醉的原州

才饮一杯陈年酒

又听几曲

悠悠岁月歌

执子之手别书院

归去来兮

杨家庄，或者都市驿站

大岔里的房檐水，鹊窝及其他

冰柱悬空，而房檐滴水

是对冬的不舍

还是对春的希翼

老姑舅家门口大树上

几只喜鹊喳喳叫

夹杂着盐官北苔子南八营口音

国风吹兮

大岔历史人类学辞典里

记载着民间百年婚俗的每一个细节

杨河村首届诗人节记

题记：2022 年农历五月初五，木兰书院举办了西部新乡土文学首届诗人节，群贤毕至，诗人荟萃，发出诗歌赋能乡村振兴的最强音。

1

刚谈完屈原与汨罗江

又路过夏寨

杨河村头湿地

到底是天空蔚蓝

还是水蔚蓝

潜入水底的云朵

以纯白的样儿

入了诗人们眼睛

和心灵

2

给最佳乡土诗发个奖吧
发什么呢

李忠林说:
有现成的木兰土鸡
叫"金鸡奖"

3

村庄不大
也不小
不大不小杨河村

今天不谈中庸之道
只谈棕子，荷包，柳枝

艾，金玉山写下的
"木兰书院播下一粒粟
文学杨河长出万穗谷"

4

有时候村里很热闹

比如："五月五黄鼠娃拽一股"的时候

赛"花儿"的时候

喝罐罐茶听秦腔的时候

有时候村里很安静

比如夜读《木兰闲话》的时候

一根针掉在地上

惊扰了史静波写作

5

何明说：

在爱与责任的世界

一滴水也是汪洋

6

杨河羊羔肉

杨郎甜瓜

诗人白杨长短句《纪念碑前的忏悔》

很有味

7

一棵棵树

长成作家模样

一个个作家

把根深扎在泥土里

在杨河村，成片，成林

8

村里杨河

村外葫芦河

尤屹峰等人发起

葫芦河文学

30 多年后

史静波等人发起文学杨河

张旭东说：西吉文学两条河

一条葫芦河，一条杨河

两条河归一，到渭河

到黄河，到大海

杨河村口，张荣捕捉了一瞬灿烂

在流水低处，在高原之上

9

棚中有鸡，圈养久矣

都被放出来了

芸芸众鸡

哪一只是我

找得眼花

在人山人海中

其实每一只

都是我

现在奔跑的样子

他们都比我
优雅

10

打了个羊平伙
他们都挑羊羔头
羊脖子
羊前腱
羊肋巴

我就抢了个羊腿
窃喜：他们咋都那么傻呢
就不知道挑捡肉多的部件

终于在同岁娃娃一搭里
耍了个聪明

11

萍子说：
记忆里，多收藏别人的好
生活里，多温暖自己的心

才知道她为什么
被评为村里"桂冠诗人"

12

你在杨河的山梁梁上
唱了一曲"花儿"
把云唱得更白
蓝天更蓝
红冠子的野鸡娃
听羞了
扑腾扑腾钻进毛桃丛林

13

我从明朝，从六盘山找起

找到几座书院

分别叫作：固原，文光，文昌

五原，归儒，峰台

方志里只言片语

我从历代的翰林御史

和文人学士中

寻找山长

有那么一点：胸襟，情怀，才气

出世入世

慕学经史与掌故

二十一世纪二十年代

在老家西吉

有了木兰书院

山长史静波写着

几个关键词

——文乡，书香，诗香

14

还是把你当成一条河吧

就像黄河，渭河，葫芦河

水花儿涌泼在堤岸

发出的定是银子般的声音

在我们西海固

不论什么时候

水还是比较稀罕的

所有的村落都在大山里

比如杨河村

就没有河的影子

干旱的年份里

我在村里祈雨

杨河哗哗

15

十二岁的孩子说

小时候

踩过蚂蚁

这是他的忏悔录

16

杨河古堡在梁顶

木兰书院在村里

之间的一段山道

曲曲又弯弯

毛毛雨终于下大了

有人湿透了

有人撑着伞

有人一脚泥

还有人讲着婉约江南

白蛇小青

许仙法海

以西部粗旷腔调

大家都在新乡土路上

向着诗

向着架起火炉

熬罐罐茶的地方

17

"不做个愤世嫉俗的人
绝对写不出好诗"
这是谁说的

怀揣诗梦的人
都愤世疾俗起来
迷误者多了

18

村里正在举办
首届诗人节

马鹰在远方城市
回不了
原乡

19

我能想到的最浪漫的事

太平洋上坐游轮

北大洋海边散步

躺在木兰涝坝旁的草地上

和你一起谈谈屎爬牛

顺便谈谈诗与远方

20

原来梦想漂洋过海

仗剑走天涯

当人民文学主编

现在活成了屎爬牛

躺在涝坝边的草地上

睡着做了个梦

梦见人民文学主编

与我亲切握手

21

比净更净的是天空

比美更美的是乡村

比爱更爱的是父老

马富贵老汉圈舍里

一百多头牛了

实现了他老爹的梦想

22

把诗歌发表在杨河村里

发表在新乡土中国

发表在大地上

如果说"文学杨河"是

古老乡愁里生长出来的刊物

谁是编辑故乡的

传说中的乡贤

我把上面的句子

起名《一首大诗》

加了个副标题

——兼致史静波

23

碌碡挼到半山上了

山风吹碌碡

碌碡不动

却吹动文学杨河

漫山遍野的

呓语，诗情，火

24

诗人们登上杨河古堡

大雨来了

一场难得的透雨

25

马金莲说

"期待木兰书院

成为西海固文学新的出发点

成为美丽乡愁的落脚地"

这段句子

真好

26

庄稼汉李成山
在写诗
他的弟弟李成东
也写诗
他的儿子李剑冰、李剑钊
也写诗

他们的诗
是从土地上长出来的
艾，带着露珠

清晨六点
李成山从羊圈里
挑了一只二毛羊羔子

他说：
让外地来的诗人
吃上
有浑身的劲
好写诗

27

在木兰书院
史静波搭建了一座梯架
命名为：拾梯

好好读读他的《拾梯记》
以及几个关键词：登高，拾掇治理
十全十美，就食，捡拾

好好读读高尔基
"每一本书都像一个梯子
使他从兽类爬到人类"

盛世杨河村
有必要再读读：修志问道
存史资政的意义

而搭建梯架的事儿
只能在典藏之外
来一笔补记

28

遇尤屹峰和马克老师

俩资深诗人，俩老哥们

喝着罐罐茶，聊着屈原

我给你抓一把瓜子

吃不饱暖个人心

你给我胳膊系根花线绳

图个吉祥

你们微笑起来的时候

端午的阳光

正慢慢落在

村庄里，心窝上

29

韩晓庆说：

如果爱是一束花

那一定是春花

犁

见了罗敷，忘了犁
对于那名没良心耕者
犁无奈千年

把犁尖深深插进古典乡土
阡陌田垄
泥腿子灵感飞翔

世代务农的人
把写犁过程叫笔耕
犁也便有了图腾意味

笸 篮

读一大笸篮书

挣一大笸篮钱

生一大笸篮娃

好光阴一大笸篮

又一大笸篮

在整个的 1980 年代里

我一直认为笸篮

很庞大

常常晚上睡在土炕

而白天捉迷藏的时候

我在高房里的笸篮里打几个滚

伙伴们都不会找到

那时候的理想里

从来没想过写一大笸篮诗

我家的大笸篮

从乡下的鸦儿湾

到穆家营镇

再到一座中小城市

母亲走哪带哪

几十年来

笸篮里装满过白豌豆

装满过油香馍子牛肉片子

手切萝卜洋芋粉条

母亲一次手术

伤筋动骨一百天不能动弹

搁架在花园墙上的笸篮

风吹，雨淋，日照

失去光泽

我决定实施一项

关于笸篮缝补工程

却无关年少时

一大笸篮

又一大笸篮的草民之梦

打胡墼纪事

做啥啥不成，一顿吃八个馒头

你个瓜蛋，给人打胡墼怕都没人要

——表哥没念过书

免不了遭姑父嫌弹

有些恨铁不成钢

好在表哥力气大，心眼实

把村里村外，十里八乡

打胡墼活儿都揽下了

因为穷，娶不上媳妇

那些杵子，墼模子，铁掀

还有一道又一道

摞起来的胡墼

常常是表哥

对爱情的念想

1986 年的鸦儿湾

表哥一边打胡墼

一边念念有词

"三锨九杵子

二十四个脚底子"

"一把灰，三掀土

二十四杵子不离手"

"不会打不会摞

不如屋里坐……"

一大帮屁孩跟着起哄

"四四方方一堵城

城上站下一个尿

不跳不憋不得行"

多年以后

乡村拆除土坯房

推土机碾碎的

不是老胡墼

是表哥老命一样的老本行

缸

我家的三口大缸
多次搬迁——

农业社时在鸦儿湾
从北山圪上土箍窑
到西山脚下泥坯屋，砖瓦房

1995 年从乡下到县城
2015 年从西吉到固原

大缸跟着父母走
父母随着子女走

每次搬家，不如说是搬缸
好一番折腾后
又是满缸的
水，或者米面油

还有一些细软
压缸底的
岁月与珍藏

自从父亲去世后
老母亲常常在小院里
把缸擦得铮亮
视同宝物

活得越来越像父亲

我提着一盒甜醅子
切好的西瓜牙
在校门口接孩子

孩子提醒我注意点形象
不要老当着那么多老师同学
还有很多家长们的面
让吃让喝的

还有，在穿戴上
也该有点讲究

恍然记起 1992 年
父亲从乡下来
帆布褡裢里包包担担的
煮玉米，白面馍馍

父亲一阵子挤在人群
一阵子又踩上一个大沙堆
伸长脖子向城关小学
校园内张望

终于看见我了
父亲大声喊起我的小名

父亲的秘密与公开

孩子说：你给我讲讲爷爷的故事吧
我不知道怎么开口

记起多年前我给父亲提过同样问题
父亲陷入很久的沉默

中年以后，生活把我磨得有皮没毛
根本谈不上有什么故事

每次的跌跌撞撞
我不由自主地唤一声：父亲——

风吹陶然亭

杨河村头，草色无涯

多少走西口的恓惶

皆成"古今"与"花儿"

风吹陶然亭

吹着一个人的

红尘，江湖，老庄

面朝笔架山

翩然落墨，写一阕秋水长歌

陶然亭的一个下午及晚上

整整一个下午

我们一会儿捣罐罐茶

一会儿看看青山，绿树，蓝天

听听清风稍带过来的

远方

该晚饭了

顺手夹一朵白云

在火锅里煮煮

用大山诗句"花儿下酸菜"

佐酒，谈起风花雪月

古典后花园

话就多了

谈起陶渊明王阳明

照例话就大了

史静波说

——拥有一座村庄

就拥有了整个世界

夜深了
再举一杯吧
不要饮尽月光
留一半
清亮我们的家园
与接下来的梦乡

晒起拧车

恍若隔世的，不是
那年的青春
及其美好加荒唐
拧车才是

杨河村诗人们
撒泼了书写
箩儿，筛子，簸箕，风匣
犁，耧，连枷，碌碡
辘轳，礤，等等
这些老物件

千首诗歌记下的
千年农耕社会
远远近近"古今"
治愈了都市
数字经济产业园

一名高管的失眠顽疾

与我通话的时候

视频那头

他晒起祖传的

小小拧车

谈起了串在

麻叶绳绳上的

家史，国史，天下史

题李金山《拧车》照

都老了！细致的女人
沉默的男人，鬓角白发
拧车作证

人一辈子啊，谁没个
手酸，胳膊酸，心酸
相识相知，无杂言

墙根下，阳光温暖
不急，余生足够我们
一起挥霍，拧麻绳样儿的幸福

木锨，或者扬场民谣

拿一把木锨扬场哩
麦子秕了恓惶哩

风婆婆来了人忙哩
南吹北刮剥皮哩

把粮食装着仓仓哩
衣子倒着房房哩

扬几天场胳膊肘麻哩
唱个酸曲才解乏哩

吃顿油馍馍嘴上香哩
没见你心头颇烦哩

燕子歌

积善之家，不但有余庆
还有屋檐下
总被鸿鹄小看的燕子

比起那些总依高枝的鸟儿
王谢堂前
农家小院
或者万里脚程
由燕子
停歇，筑巢，轻巧飞翔

不是北方逆子
也不是南国夜郎
身子微小，胸怀很大

燕子啊，我亲爱的燕子
把辽阔祖国
每寸天空与春泥
都当成宿命的家园

诗人与葵花

诗人种下的葵花
终于丰收了

他是一把稼穑好手
收完以后
诗人乃不知有汉
无论魏晋

诗人有所耳闻的是
秋风吹过山野
而几只喜鹊偷食葵花的
慌慌张张
是为诗人亲见
诗人却说：天下无贼

诗人把按劳分配
与按需分配结合地

恰到好处

——大葵花诗人吃

小的让小松鼠过冬

更小的留在田里

让虫虫牛牛们

来一次盛宴

再挑拣一些籽粒饱满的

储藏在书院里

大约在冬季

诗人准备约三五友

嗑瓜子，捣闲话

写一册：《杨河村史记》

或者《诗记》

诗人与洋芋

研讨会结束后
大家照例走出书院
来到崖背上烧锅锅灶

在村里写诗
和从灶膛刨热洋芋
没有什么两样

诗人蹲在地埂边
吃烤洋芋
都土哩吧唧的

诗人与洋芋
越来越像一个娘胎里
出来的憨蛋蛋儿

马正虎老师烧洋芋记

六盘山下长大的生洋芋

在贺兰山下米粮川变成熟食

这是老师的保留学问

不论是在山里垒土坷垃

还是在黄河岸边挖砂砾灶

不论是点燃柴火

还是学生激情

老师都是一把好手

老师文化自信:

 "放羊娃的家常饭

锅锅炉从固原烧到银川"

烧洋芋的手艺

师范课堂上我们没有学过

主要是老师没有教过

老师只给我们讲《诗经》

讲现代诗写作要领：

"好作品必须接地气"

老师没有秉承"教会徒弟

饿坏师傅"的古训

后来在木兰书院

把烧洋芋的十八般武艺

传授给学生朱宝才

朱宝才可好，学得真传后

却总是不给我们烧洋芋

他说：老师让你们都

好好写诗去

我们不信。老师明明说过：

把烧洋芋吃饱

才能写出带着土豆味的

马铃薯诗歌，要有锅锅炉的氛围

看诗人冯兴桂壅洋芋

南华山下，洋芋生长
诗人墩实

刚写罢《风吹塬地》
诗人又壅起洋芋

面朝大地躬身
放下锄

把手伸进软土里
诗人触摸洋芋根茎

西海固天空下
遍地洋芋

与洋芋联在一起
诗人成为最大一颗洋芋

地埂上的秋菊

如果梁峁是一页稿纸
那么在这道地埂
适合抒写情歌

野菊花蓬勃盛开
那是黄土地
长出来的一抹忧伤

天空寥廓，白云悠远
尕妹吆
我在秋天里孤单

向日葵快要熟了

如果说夏寨湿地
有了瓦尔登湖的气质
那么杨河
一定存在第三条岸

而眼前的向日葵
把追逐半生的光芒
全部收敛在
即将成熟的籽粒

打开大地诗卷
不要怀疑
那就是梭罗和史静波
一起给田园押上的韵脚

斧 头

以一把斧头
对待身外物事

一株中年之树
终于活出了累赘样儿

用心砍掉
枯枝，斜枝，坠枝

不学王阳明
持斧："徘徊不忍挥"

这个过程需要
那么一股狠劲儿

自愈之后
再轻按删除键

把冗长文字
至简成："爱，就是慈悲"

腌 菜

很快就到冬里
把大白菜芹菜包包菜
萝卜辣子西红柿
收藏起来
居北方的日子
就不会甜米寡面了

秋天适合腌制
我们尝过半辈子的
酸甜苦辣麻
人间至味
需要封在坛坛罐罐里
发醇，拒绝尘埃

当再次捞出
腌好的菜
吃搅团的时候
我们就慢慢消受
被生活窝过之后的那一口爽

春风还乡

还乡的山路联结着
麻地沟，燕麦沟，鸦儿湾
大岔，小岔
这些比村还小的地名

套在沟湾岔里还有更小的地名
譬如大荒口，小荒口
小得就像我年少一起尿过泥的
那些伙伴们乳名儿
譬如兔娃子，牛犊子，墰墰子
已经走上致富路的他们
能苦能干也能吹——

清末时老先人们
逃荒时跑得太快了
落脚的都是沟，湾，岔
要是跑慢些就好了

现在咱后辈们最不行

在葫芦河川道里

也是几辈子富汉大员外

假日还乡，碎姑舅请着哩

这么大的门，这么大的桌子

脱鞋上炕，"满碗都是鸡大腿"

回 村

穆家营向南，就钻山了
一条小路曲曲又弯弯

过两道沟：
麻地沟，燕麦沟

在沟里担水，饮驴
扫毛裔的那些旧事儿
以及北里南里更多古今
被李成山李成东他们写进诗歌

而沟岸上挖洋芋，铲草根
弹口弦的父老乡亲们
在单小花文字里
面朝黄土，背朝天

对面子高同家掌掌子上的李金山

把牛呀羊呀，山呀水呀

咔嚓、咔嚓

吆进镜头里

比如那张

白云深处的鸦儿湾

就美到心窝窝里

回到村里

大岔里的老姑舅

满口"盐罐罐"方言

听起来好亲切

"花儿"与罐罐茶

盘腿落座在土炕上，捣一盅老罐罐
撒欢登高在山梁上，哑一曲好"花儿"

白糖下在罐罐里，熬出的茶甜着哩
"花儿"下在罐罐里，不知甜么苦着哩

你在炕上捣罐罐，把光阴熬得稠些
我在地下捻线线，把幸福拉得长些

熟炒面么瓷碗碗端上，罐罐茶么碎盅盅倒上
喝罐罐茶要慢慢呡哩，过光阴要从细处过哩

喝茶要喝个罐罐茶，罐罐茶喝上暖胃哩
维人要维个实诚人，实诚人维上交心哩

熬一盅罐罐茶喝上，出门了把味儿想上
千里外打工的路上，口渴了把凉水灌上

泾川回来的麦客子，渭南回来的炒面客
油旋饼烙了一桌子，捣罐罐算出门日子

"花儿"里有一段苦歌，罐罐里有一撮苦茶
眼泪里有一滴孽障，心窝里有一个念想

最爱喝的茶是罐罐茶，日子里熬出的味儿
最爱唱的歌是软直令，心里头开出的"花儿"

老盐官，捣一盅西北老罐罐

追寻与叩问，不经意间，会洞开一个隐秘而广博的视
界！尽管对别人，都不是很重要，却会是自己真正神
遇的：诗与远方

——题记

1

陇南盐官镇
捣一盅西北老罐罐
给个土豪都不当

2

传说中的老盐官
我的西海固，我的宁夏的
亲坊党家子们
有些人来过

有些人没来过

但是都知道

祖祖辈辈心心念念里

有个老盐官

3

西汉水岸边

一个叫王城的村庄

一个叫下庄子的农舍

疫情刚刚解封

从宁夏闽宁镇，红寺堡

西吉，固原，远道而来

抿着地地道道的

大西北味

在夜晚，还有清晨

一边捣罐罐，一边谈论

老盐官的这一个村

为什么叫王城

谁都说不上

都说老先人们都这样叫

我们就跟着叫

这些老传承，没啥错

就一直叫下去吧

4

老盐官，捣一盅老罐罐

最浓烈的乡愁

大家都说老盐官

是西北罐罐茶的发源地

不知道自吹还是自恋

这些都不要紧

要紧的是，就放开捣罐罐

放开熬吧

放开喝吧，边熬边亢奋

边喝边沉默

捣罐罐最适合扯扯蔓蔓

捣闲话，就像熬成的一条

绵长绵长的线

细若游丝

长约 150 年

5

从老盐官，到张家川，到西海固

甚至到天南海北

互联网时代的地球村

被人们称作"盐罐罐儿"的

饮茶史，移民史

——从固原到盐官

现代轿车走了 5 个小时

而家族迁居

从盐官到固原

从清朝，到民国，到现在

6

上姑舅毛福有

早年盐官求学，曾在西海固务农

现在闽宁镇做个小老板

算是西北熬罐罐茶高手

他的一口"熬经"

念起来很有味

——罐罐茶越熬越酽

人越熬越有修炼

有人熬成精

有人就把罐子

熬破了，破摔了

但多的人把自己熬成

芸芸众生

7

下姑舅苏也古

也算捣罐罐史界土专家

——据说，马家窑文化里也有捣罐罐

茶经里也有捣罐罐

日本茶道源头

根是中国西北的捣罐罐——

苏也古很是能吹

有考究没考究能把盐官的捣罐罐

给吹脱圈

——但是盐官的捣罐罐啊

烟熏火燎的

从土窑洞点燃草木

烟熏陇原

火燎八百里秦川

熏燎了整个大西北

8

夜宿盐官

刷微信朋友圈

刷到宁夏文人史静波

写的诗歌《杨河颂》

——"我的祖先生育我

在这个叫杨河的村庄

我曾在儿时一次次疑问

我们从哪时来

从哪里来

我们的先人为什么要

安家在这样的穷乡僻壤"

接着往下读

——"母亲说很早以前

从遥远的南里

活不下去了

就一路要饭往北"

阅读有质感的诗句

会触动内心柔软

——"我们是《诗经》的后代

在葫芦河畔吟唱着

蒹葭苍苍"

这世上有很多说不清的事情

也有着说不清的关联

——"我们是南来的

逃荒者的后代

站立在最高的山巅

回望着南度北归的惆怅"

在盐官，读宁夏人的诗

有一种感觉

但这种感觉连自己都说不清

也有些像在宁夏

读陇南诗歌，西汉水诗歌

渭水系列诗歌

9

早安，盐官

从一首颂辞里醒来

醒来，是沉睡的延续

静静盐官川

一声鸡鸣

掩盖昔日马蹄喧嚣

喧嚣，是另一种宁静

向大山掬躬

迎来清晨

10

向西汉水礼赞

溯流而上

眼前的西汉水啊

也曾隔离了一对秦朝情侣

让他们只能在

《诗经》，秦风，蒹葭里

被围观，并被传颂

西汉水岸边

不到盐井祠看看

就不能言说自己是一名诗人

杜甫写于盐官的《盐井》

被我私心地奉为

现实主义压轴之作

所谓诗人

在陇之南

多年来，我一直阅读着

包苞，南山牛，及另一些诗人的

阳春白雪

我一直喜欢读包苞的

《盐官，或者一个小镇》

这样的句子

——"在他高挺的胸中，小镇的过去

从未停止呼啸：太阳落下的地方

秦非子牧马的地方，盛产盐和骡马的地方

诸葛先生鼎分三足的地方……"

还有包苞的

《一匹马，在盐官大地上出现》

—— "这是一个因盐而盛产骏马的小镇

这是一个因马而成全一个朝代的小镇

一匹马的出现绝非偶然"

这些诗句都在盐官的民间吟唱

也被我在好几篇诗文里

反复引用

跟着陇南诗人学写诗

但我还是有些愚钝

把诗写成了

下里巴人

掉着西北风里的

土渣渣

11

但我还想说

谢谢诗人包苞

正如你所说

——"岁月并未走远

喊一声兄弟

他就回来了"

谢谢大哥马包强

正如你所说

——"无论民族

都是兄弟姐妹

都是亲人"

这次就不到礼县来

拜访和打扰你了

临时动身

亲友团庞大

盐官私事时间很紧

加上疫情防控

非必要，则少走动吧

我也像很多溜嘴的人一样

把理由说得充分

且无懈可击

好多时候

别人也是常常这样哄我

突然觉得我像用别人

哄我的话，来哄你

12

来参加一场葬礼

五年前来盐官，表姐夫还很硬朗

带我们游祁山堡

讲诸葛亮"六出祁山"传奇

这个誉满乡里的贤者

离别世上眼欢喜

把他送到坟地的时候

我突然想起了我的父亲

父亲如果还活着，肯定会来送表姐夫的

我知道他们生前

虽然按差辈分相互称呼

却像一对老哥们

都把别人的事儿比自己的看得还重要

在盐官，自然想起我的姑婆

也早已去世了

与表姐夫的坟竟离得不到百米

这些远远近近的亲戚啊

让我想了个奇怪问题

我的清朝及以前的远祖们

埋在盐官什么地方呢

他们有过什么名字

他们是否真的来过这个世界

他们的时代是否存在过

这样一边想着

一边环顾西汉水岸边

广袤的盐官川

生长着虚无

与更大的

虚无

13

王城村果园里

每个盛果期的苹果树

都是浑身伤疤的

不是被拉枝，就是被斧正

哪能由着你的性子长

你的形象必须是和一众树形象一样

你的使命只有一个

产果，产果，产果

只开花不结果的苹果谎花儿

是绝对不允许绽放的

一株苹果树何尝不像一个人呢

每个人光鲜的背后

都有只有自己知道的一本

难念的经

14

盐官镇上

那个干净整洁的小饭馆

牛肉小炒很好吃

炒的青椒也很好吃

特别是地地道道的罐罐茶

很好喝，在盐官本土

几名有名望的贤者面前

我更像一名小学生

在饭桌上拾句

并且食句，这么有益的营养

——"善举是恩典

不是负担"

——"只要走在路上

才会有跟随"

——"拿个大罩守在锅边

想捞的人，其实什么也捞不到"

15

盐官话没官气

都是大白话，大实话

西北大地上长出来的土话

秦陇文化里的普通话

《诗经》里常能读到的诗话

老百姓家常里短的俚趣话

我的老师马正虎说

西海固方言是秦文化

是文言文的活化石

这让我震惊

而从盐官流亡到西海固的

盐官话里

有我古老的乡愁

16

来盐官古镇，不捣一盅西北老罐罐

你就不是老盐官人的后人

不是一个"盐罐罐儿"